Keine besonderen Vorkommnisse

Gerd Haag
Heiner Legewie
Alf Trojan

HAIKU

Mit Bildern
von Tonči Čenić

Haag+Herchen

Umschlagmotiv: Tonči Čenić

Bibliografische Information der Deutschen Nationalbibliothek
Die Deutsche Bibliothek verzeichnet diese Publikation in der Deutschen Nationalbibliografie; detaillierte bibliografische Angaben sind im Internet unter http://dnb.dnb.de abrufbar.

ISBN 978-3-89846-895-4

Satz und Layout: mr
Herstellung: dp
Printed in Germany
Verlagsnummer 3895

beglückt im Zustand
schwerelosen Denkens
trifft das Haiku ins Nichts

Gerd Haag

Das Haiku trifft
wenn in dir
der Augenblick erglüht

Heiner Legewie

die tief gefühlten
hellen Momente des Glücks:
der Stoff des Haiku

Alf Trojan

Zum Geleit

Drei Zeilen, wenige Worte: Es sind die Beschränkungen, die die Charakteristik der Haiku-Dichtung ausmachen. Ein Haiku, als ein poetisches Arrangement von Momenten der Wahrnehmung und des Empfindens, ist in der Lage bei Leserinnen und Lesern eine ästhetische Erfahrung oder gar Erkenntnis hervorzurufen. Wenn die Lesenden dafür offen sind, kann von einem Haiku ein Zauber ähnlich einer körperlichen Berührung ausgehen – wer ergriffen wird, genießt diesen Augenblick als das unmittelbare Spüren eigener Gegenwart.

Das Haiku erzeugt Töne, Schwingungen, die es vermögen, Geist und Seele spontan zu berühren und »eine in sich geschlossene lyrische Stimmung von einheitlicher Bildkraft zu erzeugen« (Jan Ulenbrook in: Haiku, Reclam 1995). Diese Stimmung entsteht durch einen Nachhall, der mit seinem offenen Ende meist etwas Unbekanntes oder Neues in der Gedankenwelt der Lesenden hervorbringt.

Treffen mehrere Haiku wie in diesem Band aufeinander, können sie sich gegenseitig in ihrem Zusammenspiel befruchten – ähnlich den Klängen einer Musikkomposition.

Das vorliegende Bändchen versammelt Haiku von drei Autoren, die sie im Austausch miteinander als tagebuchartige Aufzeichnungen im Verlauf des Jahres 2021 geschrieben haben: Alf Trojan, Gerd Haag und Heiner Legewie. Die Auswahl der Bilder des Hamburger Künstlers Tonči Čenić fand im regen Austausch statt – sie sind nicht als Illustrationen gedacht, sondern sollen ein assoziatives Feld öffnen, zum Innehalten einladen, um dem Echo der Gedichte im oben beschriebenen Sinne nachspüren zu können.

Nehmen Sie sich Zeit.

fünf Wunderkerzen
verglühen Funken sprühend
ein erster Lichtblick

Alf 1.1.2021

Schnee fällt
Zeit verrinnt
immerfort

Heiner 3.1.2021

Blumenladen
bunte Auswahl
mir eine Distel

Heiner 6.1.2021

noch nicht wach werden
sich aneinanderschmiegen
gleichzeitig atmen

Alf 8.1.2021

der Tag fliegt vorbei
wie wir die Zeit verbringen?
mit nichts von Belang

Alf 15.1.2021

blauer Gartenschlauch
in Schlaufen am Wasserhahn
erzählt vom Sommer

Gerd 18.1.2021

eine warme Hand
schleicht nächtens sich an
ein Glücksversprechen

Gerd 24.1.2021

leere Bänke
von Raureif zart bezogen
weit und breit kein Mensch

Gerd 26.1.2021

die Welt zerbricht
an neuer Normalität
was können wir tun

Gerd 1.2.2021

vorm Reichstag
das kleine Häuflein leugnet
klirrende Kälte

Heiner 6.2.2021

gehen im Regen
kalte Luft und letzter Schnee
Synapsen klappern

Gerd 3.2.2021

frostige Maulwurfshügel
daneben Kronkorken
was feiern die da

Gerd 6.2.2021

von Mutter geträumt
Totenfeier im Hörsaal
mein Schal blieb liegen

Gerd 7.2.2021

Eistreiben im Fluss
der helle Klang, voller
Kindheitsgeschichten

Gerd 14.2.2021

nach der Kälte
diese zärtliche Luft
Balsam der Seele

Heiner 23.2.2021

wenig Schatten nur
wo Schnee sich verkriechen kann
zum Schmelzen verdammt

Alf 21.2.2021

manchmal genügt es
einem Fluss zuzusehen
die Augen geschlossen

Heiner 21.2.2021

mein Fahrrad und ich
der Wind setzt uns zu
heftig ächzen wir beide

Alf 26.2.2021

ein Windhauch im Raum
erfasst er meine Seele
versteht er meine Angst

Gerd 27.2.2021

ein mutiger Mond
konkurriert mit der Sonne
um Schein und Schönheit

Alf 27.2.2021

der Frühling kommt
nur Haiku warten noch
lange Wolke sein

Heiner 1.3.2021

Museumshafen
Vergangenheit im Nebel
Zukunft nicht minder

Alf 2.3.2021

ergraute Stämme
schwärmen im Ebbewasser
von alten Zeiten

Gerd 7.3.2021

Kopfweiden hinterm Deich
untenrum seh'n sie alt aus
doch im Kopf noch jung

Alf 10.3.2021

letzter Schneeeinfall
Landschaft zart überzuckert
bleib süße Kälte

Gerd 10.3.2021

Todes Wiesen
blauer Krokus Teppich
Lebens Freuden

Heiner 12.3.2021

ein Zug jagt durchs Land
draußen kein Licht, alles tot
drinnen dröhnend hell

Gerd 1.3.2021

im leeren Abteil
Einsamkeit schleicht sich an
der Schaffner lächelt

Gerd 1.3.2021

Nebel drückt das Land
Träume voller Ungeduld
wer klopft an der Tür

Gerd 1.3.2021

still und stumm der See
von fern ein einsames Lied
die Motorsäge

Alf 4.3.2021

die lose Platte
im Weg vorm Haus schlägt an
endlich bist du da

Gerd 13.3.2021

die lila Rose
erwacht aus Totenstarre
zeigt erste Knospen

Alf 26.3.2021

der Himmel ist blau
du schaust mir in die Augen
unfassbares Glück

Gerd 28.3.2021

Straßenlärm
abnehmend
Moment der Stille

Heiner 31.3.2021

wie Wasser dringt
frühes Licht in mein Zimmer
fast ertrinke ich

Gerd 21.3.2021

Wasser im Licht
silberner Spiegel
Augentrunk

Gerd 28.3.2021

die Welt, an die wir
glauben, gibt es nicht mehr
wir klammern uns an Luft

Gerd 30.3.2021

traurige Augen
was er wohl denkt über Ostern
der Hase aus Holz

Alf 31.3.2021

der erste April
versucht man, mich zu foppen?
keiner mag scherzen

Alf 1.4.2021

träger Zeitbrei
zieht dahin
Zukunft schleicht an

Heiner 6.4.2021

Forsythienstrauch
blühe gelb und gelber noch
Sehnsucht dehnt die Zeit

Gerd 8.4.2021

die Augen wachsam
suchen nach alten Bekannten
aus der Blütenwelt

Alf 10.4.2021

aus einem Spiegel
ein Fremder schaut mich an
wer woher wohin

Heiner 15.4.2021

nach dem Krankenhaus
Baumrinde, Häuserschluchten
neu sehen lernen

Heiner 24.4.2021

dem Mond geht es gut
groß geworden, liegt er
in meinen Armen.

Gerd 29.4.2021

Fenster zum Garten
nächtliches Werben der Vögel
meine Frau schläft tief

Gerd 29.4.2021

ein zärtlicher Blick
so vertraut die Wildpflanze
die neuen Triebe

Alf 17.4.2021

du schwarzer Vogel
schaust mich mit deinen Augen
wie fühlt sich das an

Heiner 24.4.2021

guter Tag heute
Platz für die Zukunft gemacht
Glaskugel entstaubt

Gerd 28.4.2021

weiss
PUNKT;
nicht
nur
und

hüpfen aus Lebenslust
zwei aufgespießte Blätter
als Fähnchen im Wind

Heiner 11.5.2021

im Grün des Grases
gelbe Löwenzahnblüten
so schlicht geht Schönheit

Alf 9.5.2021

zurück auf dem Balkon
Sommer-Grün Straßenrauschen
unermessliches Glück

Heiner 12.5.2021

an der Landstraße
die alten Apfelbäume
in der Blüte jung

Alf 14.5.2021

flüchtiger Blick
bezauberndes Antlitz
wie in Stein gemeißelt

Heiner 19.5.2021

heute Vatertag
kühler Abend
meldet er sich noch?

Gerd 20.5.2021

die schöne Maske
schaut aus leeren Augen
bewahrt ihr Geheimnis

Heiner 24.5.2021

die Schnauze wird grau
er blickt in den Spiegel
sie meinte den Hund

Gerd 30.5.2021

der Himmel so hell
im Schatten liegt der Waldweg
Abschied vom Frühling

Alf 31.5.2021

Ruhe und Sonne
lang ausgestreckt ganz entspannt
will erst gelernt sein

Alf 1.6.2021

beim Mauerwinzer
einst der Todesstreifen
fröhliche Einheit

Heiner 2.6.2021

flackernde Flamme
bevor sie erlischt
woher dies tiefe Glühn

Heiner 4.6.2021

unter weißen Wolken
Vogelflug Schriftzeichen
Zukunft bleibt rätselhaft

Heiner 15.6.2021

Ende des Abends
wir stoßen auf alte Freunde
das Ende soll warten

Alf 17.6.2021

die Bucht verlassen
schwarzer Horizont Sterne
stille Einsamkeit

Gerd 16.6.2021

bildes
entstandenen
wand
ferner

jetzt halt dich fest
ein morgendlich schlanker Schatten
springt durch den Garten

Gerd 28.6.2021

ein Dank der Sonne
die diesen Tag und seinen
Duft mir wachsen ließ

Alf 25.6.2021

das kleine Mädchen
hangab mit fliegendem Haar
sprühendes Leben

Heiner 19.6.2021

nachts gleiten im See
oben gestirnter Himmel
unten Schlinggewächs

Heiner 8.7.2021

schlagartig Ende
unserer Behaglichkeit
ein Ast knallt runter

Alf 27.7.2021

Wolken, Sonne, Sturm
die Blätter halten sich fest
nur mich trägt es fort

Gerd 29.7.2021

feiern im Garten
das 3. Glas Wein geholt
der Hund verbellt mich

Alf 17.7.2021

Stillstand unendlich
lass uns die Zeit verbrennen
ins Leere schweben

Gerd 16.7.2021

Freundschaft spüren
schmerzlichschöne Erfahrung
auch mit eigenem Selbst

Heiner 11.7.2021

ein toter Vogel
morgens früh auf meinem Weg
Aberglaube, schleich dich!

Alf 22.7.2021

nach dem Gewitter
von fern noch ein stummer Blitz
die Angst zieht weiter

Gerd 27.7.2021

der Blick himmelwärts
Giganten schauen herab
die alten Eichen

Alf 22.7.2021

Gespräch mit Schwester
unter der Last bricht der Ast
auf dem der Bruder sitzt

Gerd 29.7.2021

die alte Flasche
mit kühlem Wasser gefüllt
mehr nicht

Heiner 29.7.2021

wie ein Skalpell
seziert Zeit Erkenntnisse
verlorener Jahre

Gerd 31.7.2021

hinter den Deichen
kann die Natur wie sie will
und sie will es schön

Alf 21.7.2021

die Sonntagsstille
ich höre mich tief atmen
hat das Bedeutung?

Alf 1.8.2021

all die Gestalten
Gesichter fünf Jahr älter
ein Maskentanz

Heiner 8.8.2021

schon hoch gestiegen
hinauf die Lebensleiter
und – geht's noch weiter?

Alf 4.8.2021

der kleine Junge
Seifenblasen haschend
zerplatzendes Glück

Heiner 10.8.2021

wundervoller Clown
gehst lächelnd durch den Schmerz
zerbrichst uns das Herz

Gerd 23.8.2021

kühl die frühe Luft
scheu ins Innere schauen
Nachhall der Träume

Gerd 11.8.2021

die Streuobstwiese
mit alten Äpfeln
Vergangenheitsgruß

Heiner 23.8.2021

neben mir im Bus
kleiner Junge und Mutter
Schmusen mit Maske

Alf 27.8.2021

Geschwistertreffen
wir sind uns wohlgesonnen
nah und doch so fern

Alf 3.9.2021

zwischen den Kiefern
ragt eine Himmelsleiter
eine Sprosse fehlt

Gerd 7.9.2021

Stille im Garten
Klaviermusik von Ferne
kleines Nickerchen

Alf 8.9.2021

Spätsommertage
wohlig warme Wellen
Seelen spreizen sich

Gerd 8.9.2021

Frühling und Sommer
wehmütiger Blick zurück
ich sammle Samen

Alf 13.9.2021

jetzt sterben Buchen
kennen keinen Notausgang
der Wald geht voraus

Gerd 15.9.2021

der Friedhofsgärtner
stets grüßt er freundlich zurück
wann sorgt er für mich?

Alf 9.9.2021

völlige Stille
allein im Behandlungsraum
was erwartet mich?

Alf 22.9.2021

goldener Mondschein
wispernde Tamarisken
alte Geschichten

Gerd 25.9.2021

ein Pfauenauge
wilder Tanz in der Sonne
genießt den Frühherbst

Alf 26.9.2021

Ostseestrandläufer
feiner Sand und weicher Tang
aber Wind von vorn

Alf 1.10.2021

Oktobersonne
verspricht verschleiert lächelnd
den nächsten Sommer

Gerd 3.10.2021

Wind suchende Segel
gestörter Gleichtakt der Räder
Stille bewegt sich

Gerd 18.10.2021

das alte Boot dort
schwebend im Nirgendwo
wohin geht die Fahrt

Heiner 5.10.2021

das Rascheln des Stoffs
das Knarren der alten Bank
plötzliche Andacht

Gerd 25.10.2021

weißes Federkleid
verborgen in der Felswand
ein einsamer Engel

Gerd 26.10.2021

ewiges Rätsel
eine einzelne Blüte
am verdorrten Strauch

Alf 27.10.2021

der Ginkgo wird gelb
verlassen der Gartentisch
Herbstruhe kehrt ein

Alf 3.11.2021

nebliger Weg
raschelndes Laub
schwaches Licht

Heiner 5.11.2021

Sand unter Sternen
das Wasser zieht sich zurück
die Stille beginnt

Gerd 4.11.2021

die zwei Kopfweiden
gemeinsam alt geworden
Glück der Zweisamkeit

Alf 13.11.2021

die Planken des Wegs
Raureif glitzert auf ihnen
wie Wunderkerzen

Alf 22.11.2021

flaches Herbstland
überwucherte Traktorspur
sinnlich, farbenfroh

Gerd 21.11.2021

arz
H B L

Familienbesuch
stiller werdende Mahlzeit
dosierte Zuneigung

Gerd 21.11.2021

regungslos liegen
eintauchen in die Stille
Gedanken wandern

Alf 5.11.2021

ein Schulterzucken
zähe Zeit ein dunkles Band
den Tod verstehen

Gerd 4.11.2021

ein Himmel blau wie Milch
der Fluss eine helle Stoffbahn
ein fiktiver Ort

Gerd 31.10.2021

die Morgenstille
unvermutet bellt ein Hund
wedelt mit dem Schwanz

Alf 27.11.2021

Begegnung zweier
Atemzüge auf engem Raum
bodenlos und frei

Gerd 30.11.2021

das pure Nichtstun
ist schwieriger als du denkst
heute gelingt es

Alf 12.12.2021

im Schrank die Mäntel
Staubgeruch der Sommerzeit
graues Sonnenlicht

Gerd 17.12.2021

unbezweifelbar
unfassbar, dass es uns gibt
ewiges Rätsel

Alf 17.12.2021

Farbspiel im Winter
Grau ist das neue Blau
Wangen werden rot

Gerd 9.12.2021

knirschende Schritte
schneedunkle Lichter
verzaubern die Stadt

Heiner 9.12.2021

ein Zitronenbaum
zarte Blüten unter Schnee
lass dich umarmen

Gerd 5.12.2021

eine Erscheinung
wunderschöne Frau in Rot
schenkt mir ein Lächeln

Alf 4.12.2021

plötzliche Stille
ein Engel springt über den Zaun
im Haus weint ein Kind

Gerd 5.12.2021

warmes Sonnenlicht
Raureif auf dem welken Laub
zarter Silberglanz

Alf 18.12.2021

Nachmittagsruhe
da liegt sie still und glücklich
schlafender Engel

Alf 30.12.2021

letzter Tag bricht an
ein Lichtstrahl am Horizont
verbrennt die Wolken

Alf 31.12.21

letzter Tag
nachts Wunderkerzen
Fragezeichen

Heiner 31.12.2021

stark bläst es von vorn
ich spucke gegen den Wind
was auch kommen mag

Alf 31.12.2021

Über die Autoren und den Künstler:

Gerd Haag, geb. 1948. Filmproduzent in Köln und Lehrer an einer Filmhochschule bis 2018, lebt seit 2020 in Hamburg mit Blick auf Fluss und Hafen. Er liebt das Gestalten mit einer reduzierten Formensprache.

Heiner Legewie, geboren 1937. Gestaltet seit seiner Emeritierung als Hochschullehrer in seinem Berliner Atelier Skulpturen und Masken. Mit dem Verfassen von Haiku hat er auf Anregung von Alf Trojan im Corona-Lockdown begonnen.

Alf Trojan, geb.1944. Hochschullehrer bis 2010, glücklich verheiratet seit vielen Jahrzehnten, lebt in Hamburg und seit der Pensionierung zunehmend im Wendland am Gümser See, an beiden Orten nur wenig von der Elbe entfernt. In seinen Haiku strebt er die ›klassische‹ Silbenzahl in den drei Zeilen an (5-7-5).

Tonči Čenić, geb. 1946 in Dubrovnik, Kroatien, seit 1970 in Deutschland. Gastarbeiter, Keramikmaler im Schwarzwald, Schriftmaler in Hamburg, Studium Freie Kunst an der Hochschule für bildende Künste Hamburg. Grafiker, Illustrator in verschiedenen Agenturen. Dozent für Typografie an der Werkkunstschule Lübeck und an der Design Factory Hamburg. Das tägliche Brot ist das Finden und Pflegen der Linie und der Farbe als Ausdruck des Lebens und der Befreiung.